고정욱의
마인드 리셋
필사 수업

나의 마인드 리셋 필사 노트

이름
....

필사를 시작한 날
....

필사가 끝난 날
....

가장 기억에 남는 명언

1.
....

2.
....

3.
....

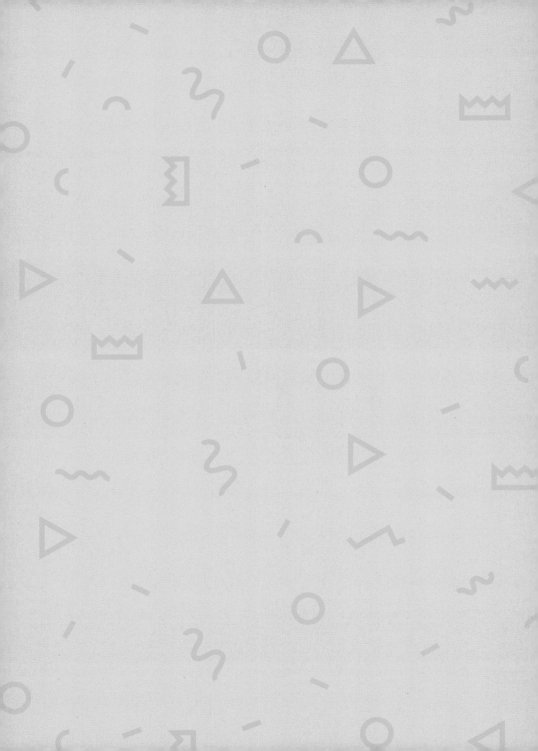

표현과 전달하기 **04**

고정욱의 마인드 리셋 필사 수업

고정욱 엮음

애플북스

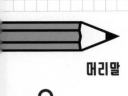

머리말

　낭설이지만 재밌는 이야기가 있다. 대제국을 건설한 알렉산더 대왕은 자신의 영토에 있는 모든 지식을 자신의 것으로 만들고 싶었다. 그리하여 책들을 다 모아 놓고 학자들에게 요약을 시켰다. 그 결과 학자들이 줄이고 줄이고 또 줄여서 만들어 온 단 하나의 문장은 바로 이거였다.

　"이 세상에 공짜는 없다."

　멋진 명언이다. 나는 이 명언을 명언의 왕이라고 부른다.

　명언은 우리들 각자에게 용기를 주는 말이다. 말의 힘을 느낄 수 있는 최고의 무기이다. 명언 한마디가 사람을 죽이기도 하고 살리기도 한다. 힘들고 어려울 때 나는 가슴속에 담아 놓은 수없이 많은 명언을 끄집어내어 나를 채찍질한다. 아이 셋을 기를 때는 '이 세상에 불가능은 없다' 외쳤고, 도전에 거듭 실패할 때는 '이 세상에 포기는 없다'고 되뇌었다. '인내는 쓰고 열매는 달다'는 말도 도움이 되었다. 자기 계발을 하면서 선인들이 남긴 멋진 명언을 마음에 새겨 두거나 자신의 것으로 만들어야 한다. 왕의 의자 양쪽에 새긴 명언을 바로 좌우명이라고 하지 않던가.

명언을 외워 마음속에 담아 두는 일에서 더 나아가 직접 필사한다면 우리의 삶은 좀 더 나은 방향으로 나아갈 수 있다. 그렇게 명언을 가슴 속에 새기면서 자신을 계속 격려한다면 먼 훗날 나의 삶은 반드시 달라 질 것이다. 이 땅의 어린이, 청소년들이 명언을 통해서 자기 계발을 하고 또 그를 통해 또 다른 명언을 만들어 내는 그날이 오길 바란다.

2022년 봄 북한산 기슭에서
고정욱

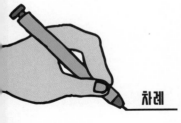

차례

2장
생각 충만

3장
실천 배양

4장
핵심 비결

5장
성공의 완성

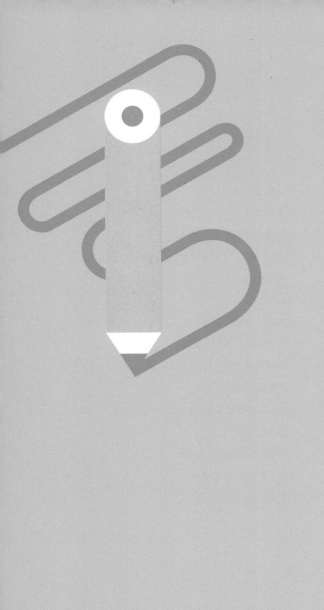

1장

문제 제기

- 이대로 머물러선 안 된다

어느 순간 내가 잘하고 있나 의문이 들 때가 있어.

'이대로 가도 되는 걸까?'

'뭔가 변화가 필요해.'

게임을 하거나 스마트폰을 들여다보고 맛있는 음식을 먹어도

늘 마음 한구석에서 나를 노려보는 두려움.

그것은 '성적'일 수도 있고, '입시'일 수도 있고, '불안한 미래'일 수도 있어.

그렇다면 이제 나 자신을 직시할 때가 된 거야.

애써 외면한 나의 모습을 눈 똑바로 뜨고 바라봐야 해.

이제 변화가 시작될 거니까.

단
점

남을 가르칠 때에는

상대의 선한 마음을 키우고 기르는 것이 좋다.

이렇게 하면 악한 마음은 저절로 없어진다.

단점을 고치기보다는 장점을 키우는 편이 좋은 것이다.

_《근사록》

고 박사의 한마디

나에겐 단점이 많아. 하지만 단점이 장점이고 장점이 단점인 경우도 많지. 그걸 잘 생각
해야 해. 단점이라고 멀리할 게 아니라 이를 좋은 방향으로 발휘하는 방법, 내가 잘하는
것을 긍정적으로 찾아보도록 해.

《근사록》

'근사(近思)'는 '간절하게 묻고 가까이서 생각한 것'을 의미한다. 《근사록》은 그런 생각을 모은 책으로 중국 송나라 시절 주돈이, 정호, 정이, 장재 4명의 어록 가운데서 뽑아 편찬한 책이다. 고려 말 원나라의 성리학이 우리나라에 들어올 때 《근사록》도 함께 들어와 소개되었다.

가
능
성

우리가 인생에서 가장 바라는 것은 우리가 가진 가능성을
끄집어내 줄 수 있는 사람이다. 이것이야말로 우정의 진수
(眞髓)라고 할 수 있다.

_노먼 빈센트 필

고 박사의 한마디

중국에 가면 알록달록한 보석처럼 반짝이는 돌멩이들을 많이 팔아. 얼핏 보면 귀금속 같
아. 그런데 알고 보니 강가에 있는 돌멩이를 주워다가 갈고 다듬어서 보석처럼 만들어
파는 거였어. 한마디로 어떤 돌멩이든 갈고 닦으면 예쁜 보석이 될 가능성이 있는 거지.
우리 모두 그런 가능성을 갖고 있다고 봐.

노먼 빈센트 필

유명한 저술가이자 '만인의 성직자'로 불리는 동기부여 연설가. 목사로 사역하면서 수많은 낙담자들을 위로하고 그들이 성공적으로 살아갈 수 있는 길을 보여 주었다.

어
리
석
음

자신의 어리석음을 슬퍼하는 사람이 있다.

그는 이미 어리석은 사람이 아니다.

자신을 알지 못하고 현명하다고 일컫는 사람은

어리석은 자 중에서도 어리석다.

_《법구경》

고 박사의 한마디

어리석음의 가장 치명적인 단점은 자기 자신을 어리석다고 느끼지 못한다는 거야. 이런
어리석음을 깨는 방법은 무엇일까? 주변에 좋은 친구들을 두는 거야. 그 친구들을 따라
다니며 그들이 어떻게 지혜로이 행동하는가를 살피다 보면 내가 어리석다는 것을 알게
되지.

《법구경》

불경은 물론이며 유명한 문구들을 모아 놓은 경전이다. 간결한 격언이나 좋은 말
들도 정리되어 있는데 대승불교의 전통을 가진 불교 국가에 널리 보급되었다. 스
리랑카 같은 나라는 오랫동안 불교 수행자의 입문서로 사용했고 승려는 이것을 암
송해야 했다고 전해진다.

무
지

세상에 존재하는 악은 거의 태반이 무지에서 비롯되는 것
으로, 양식(良識)이 없으면 착한 의지도 악의와 마찬가지로
많은 피해를 줄 수 있다.

_알베르 카뮈

고 박사의 한마디

어른들이나 나이 드신 분들은 고집이 세. 새로운 걸 이야기하면 받아들이려 하지 않아.
왜 그럴까? 그건 바로 새로운 것에 무지하기 때문이야. '나 고집 센 사람이야'라는 말은
'나 무식한 사람이야. 새로운 걸 알지 못해. 그래서 두려워'라는 뜻이야.

알베르 카뮈

프랑스의 작가.《이방인》,《페스트》,《전락》등의 소설을 썼고 현실 문제에도 관심을 갖고 행동했다. 1957년 노벨 문학상을 받았는데 그로부터 3년이 채 안 되어 교통사고로 목숨을 잃었다.

習
관

습관은 처음에 마음에 들지 않던 친구들을 친한 사이로 만

들고, 그들의 형태에 그 나름대로의 꼴을 주고, 목소리에

호감을 느끼게 하고, 마음의 성향을 변하게 하는 소임을 다

하고 있다.

_마르셀 프루스트

고 박사의 한마디

나태함과 게으름은 인간의 기본적인 천성인 것 같아. 하지만 그러한 인간이 놀라운 문명을 만들었지. 그것은 바로 습관 때문이야. 아침에 일찍 일어나서 무언가를 해내는 습관이 온 인류에게 자리 잡았기 때문에 찬란한 문명을 만든 거야. 습관이 기적을 만든 거지. 올바른 습관을 들인다면 그 사람은 커다란 목적을 위해 싸울 수 있는 사람이라고 보아도 틀림이 없어.

마르셀 프루스트

자신의 삶을 '의식의 흐름'이라는 기법으로 그린 프랑스 작가. 《잃어버린 시간을 찾아서》로 비유적, 심리적 문장을 널리 알렸고, 이 작품으로 진리 추구라는 우의적 형태를 빌려 인생을 이야기했다.

관심

신이 우리에게 준 당신의 뜻은 사람이란 행복하게 살아야 하며 다른 사람의 삶에도 깊은 관심을 가져야 한다는 것이다.

_존 러스킨

고 박사의 한마디

관심이 많다는 것은 호기심이 많다는 뜻이기도 해. 호기심은 새로운 것을 받아들이는 능력이고, 나쁘게 말하면 오지랖이야. 오지랖 넓은 사람 치고 악독한 사람은 없어. 왜냐하면 그들은 주변에 대한 관심, 애정, 사랑, 배려를 기본적으로 장착한 사람이기 때문이야. 무엇이든 관심을 가지고 바라보도록 하자.

존 러스킨

영국 빅토리아 시대의 예술 평론가. 다양한 분야의 각종 주제를 연구하고 글을 썼다. 자연, 예술과 사회의 연관을 강조한 그의 사상은 오늘날 생태 및 환경의 중요성과 연결돼 주목받고 있다.

긍정

긍정적인 태도는 기적을 부르는 묘약이다.

_퍼트리샤 닐

고 박사의 한마디

우리에게 던져진 상황은 긍정적이지도 부정적이지도 않아. 상황을 바라보는 시각 차이
일 뿐이야. 물이 반 컵 남으면 반이나 남았다고 좋아할 수도 있고, 반밖에 안 남았다고 슬
퍼할 수도 있잖아. 여기가 바로 긍정이 필요한 대목이지. 물 반 컵이 사막에서 죽어 가는
사람에게는 생명수일 수 있어. 이런 생각을 하며 나의 처지와 환경에 긍정의 시선을 보
내도록 해. 내가 갖고 있는 게 많다는 사실을 알게 될 거야.

퍼트리샤 닐

미국의 여배우로 아카데미 여우주연상을 받았다. 동화 《찰리와 초콜릿 공장》을 쓴 작가 로알드 달과 결혼했으며, 뇌졸중이라는 시련을 겪었지만 꿋꿋하게 영화에 복귀했다.

꿈

나는 꿈과 소망이 없는 자들 사이에서 군주가 되기보다는, 실현할 포부를 가진 가장 미천한 자들 사이에서 꿈꾸는 사람이 되는 쪽을 선택하리라.

_칼릴 지브란

고 박사의 한마디

신기하게도 꿈은 잠잘 때 꾸는 꿈뿐만 아니라 미래를 향한 비전을 의미하기도 하는데 영어에서도 마찬가지야. 이건 뭘 뜻하겠어? 현실에서는 생각하지 못했던 것들이 잠자면서 나타나는 것처럼, 꿈을 가진 자들은 현실을 벗어난 어떤 것을 바라본다는 뜻이지. 꿈이 있다는 것은 자동차에 엔진이 달려 있다는 뜻이고, 꿈을 품고 생활한다는 것은 가슴속에 뜨거운 에너지를 지니고 있다는 뜻이야.

칼릴 지브란

레바논계 미국인 예술가. 수필가이자 소설가이며 신비주의 시인이면서 화가로
활동했다. 레바논 출신이지만 미국 보스턴에서 문학과 미술 활동을 했다. 니체,
블레이크 같은 철학자의 영향으로 사랑, 죽음과 같은 현실적이고 추상적인 주제
를 다루었다.

깨달음

옛말에 이르기를 '버릴 줄 알면 티끌세상도 선경(仙境)이 되고, 깨달음을 얻지 못하면 절에 있어도 곧 속세로다'라고 했는데, 참으로 옳은 말이로다.

_《채근담》

고 박사의 한마디

사람은 누구나 태어나서 살다가 죽게 되어 있어. 그런데 사람들 가운데서 간혹 위대한 선지자가 나오지. 그들은 왜 선지자가 되었을까? 그들에게는 '깨달음'이 있었기 때문이야. 매일매일의 삶에서 무언가를 깨닫고, 이치를 터득한 사람을 선지자라고 하는 거지. 조금이라도 나은 삶을 살기 위해서는 깨달음을 일상화해야 해.

《채근담》

명나라 말기의 문인 홍자성이 쓴 책이다. 사람과의 교류와 자연의 즐거움에 대한
깨달음을 주는 내용이다. '채근담'은 뿌리를 캐는 이야기라는 뜻으로, 변변치 않은
음식에 빗댄 이야기로 여러 사상을 융합하여 교훈을 준다.

계
획

일 년의 계획은 봄에 있고, 하루의 계획은 아침에 있다. 봄에 갈지 않으면 가을에 거둘 것이 없고, 아침에 일찍 일어나 서두르지 않으면 그날 할 일을 못 한다.

_공자

고 박사의 한마디

계획이 없다는 것은 참 불행한 일이야. 매일매일 주어지는 24시간을 어떻게 살아야 할지 모른다는 뜻이니까. 계획이 있는 자는 자신에게 주어진 24시간이라는 소중한 재화를 아끼고 재투자하고 잘 보존하지. 오늘부터라도 계획을 세우면서 나의 삶을 잘 디자인하는 것이 중요해.

공자

중국 노나라의 문신, 시인이자 유교의 시조. 고대 춘추 시대의 정치가이며 사상가
였다. 유가 사상과 법가 사상의 공동 선조로 동양의 정치, 사상, 문화에 지대한 영
향을 미쳤다.

동기

먼저 그 사람의 행동을 보고, 그다음 그 행동의 동기를 관찰하고, 다시 그 사람이 그 행위에 안정하고 있는가를 살핀다. 이 세 가지를 보면 반드시 그 사람의 정체를 밝힐 수가 있다.

_《논어》

고 박사의 한마디

동기라는 것은 원하는 바를 뜻해. 무엇을 원하는가? 무엇을 하고 싶은가? 이런 동기조차 없는 사람은 정말 불행할 거야. 누군가를 돕고 싶다. 누군가에게 이로운 존재이고 싶다. 공부를 하고 싶다……. 이러한 욕망이 있는 자만이 동기를 가지게 되고, 그 동기가 순수하고 맑은 것이라야만 세상에 선한 영향력을 끼칠 수 있어.

《논어》

예로부터 《논어》, 《맹자》, 《중용》, 《대학》을 유교 경전인 사서(四書)라고 하여 중요
하게 여겨 왔다. 그중에서도 《논어》는 공자와 그 제자들의 대화를 기록한 책으로,
공자의 중심 사상을 설명하고 있다.

자
극

청년은 가르침보다는 감동이나 자극을 받기 원한다.

_요한 볼프강 폰 괴테

고 박사의 한마디

실험용 쥐들을 보면 전기 자극을 줄 때 움직여. 자극이 싫거든. 하지만 자극이 있었기 때문에 움직일 수 있는 거야. 나의 처지와 환경이 마음에 들지 않으면 스스로 자극을 줘야 해. 자극을 통해 발전할 수 있기 때문이야. 자극을 줄이거나 자극을 받고도 무감각한 자들에게는 희망이 없어.

요한 볼프강 폰 괴테

인류 문학사의 거인이자 문호. 르네상스 시대의 거장으로 엄청난 재능을 발휘하여 방대한 작업을 해냈으며, 심지어 정치에도 뛰어든 적이 있다. 대표작은《파우스트》이며, 그의 문학은 오늘날까지도 많은 이들에게 영향을 미치고 있다.

신
념

아무도 당신을 믿지 않을 때 자기 자신을 믿는 것,

그것이 챔피언이 되는 길이다.

_슈거 레이 레너드

고 박사의 한마디

똑같은 강아지 두 마리를 기르는데 한 마리는 똑똑한 개라고 믿고, 다른 한 마리는 평범
하다고 믿으면서 기르면 똑똑하다고 믿은 개는 정말 똑똑해진대. 신념의 마술이지. 오늘
부터 나 자신도 '할 수 있다', '도전할 수 있다'라는 신념을 내 안에 심어 주도록 해. 나를
이길 수 있는 건 나밖에 없기 때문이야.

슈거 레이 레너드

미국의 프로 권투 선수이며, 5개의 체급에서 타이틀을 획득한 놀라운 선수다.
1976년 몬트리올 올림픽에 참가하여 라이트웰터급에서 금메달을 획득한 후 프로
로 전향해 신화와 같은 기록을 세웠다.

공
포

용기가 생명을 위험한 지경으로 몰고 갈 수 있듯이, 때로는

공포심이 생명을 지켜 주기도 한다.

_레오나르도 다빈치

고 박사의 한마디

통증이 왜 있는지 알아? 아픔을 느껴서 위험한 상태에 이르지 않도록 나를 보호하는 거야. 미래가 두렵고 겁이 난다는 건 내가 그만치 무방비하다는 뜻이야. 두렵고 겁이 난다면 더욱 철저히 대비하고 준비해야 해. 그것만이 불안한 미래에 나를 보호하는 장치이거든.

레오나르도 다빈치

이탈리아 르네상스를 대표하는 천재. 화가이자 조각가, 발명가, 건축가, 해부학자, 지리학자, 음악가 등 다방면에서 활약했다. 2007년 11월《네이처》지가 선정한 '인류 역사를 바꾼 10명의 천재' 중 가장 창의적인 인물 1위를 차지했다.

현
실

실수에 대해 늘어놓는 변명 때문에 또 다른 실수를 범하게
된다. 한 가지 과실을 범한 사람이 또다시 거짓말을 하게
되는 것은 그 때문이다. 현실을 그대로 받아들이고 처리하
는 것이 가장 유익하다.

_윌리엄 셰익스피어

고 박사의 한마디

가장 지혜로운 처세술이 정직이래. 다시 말해 정직하게 행동해야 지금 이 순간 더 큰 화
를 부르지 않는 거야. 현실을 있는 그대로 받아들이는 건 고통스러워. 하지만 그렇게 할
때 나를 똑바로 볼 수 있어. 피하지 않고 나를 제대로 봐야 뭐든 할 수 있는 거야.

윌리엄 셰익스피어

영국의 국민 시인이자 가장 뛰어난 극작가. 뛰어난 상상력과 통찰력으로 인간성을
꿰뚫어 보는 작품을 많이 남겼다. 게다가 언어 구사력이 풍부하고, 무대 형상화에
있어서는 따라올 사람이 없을 정도이다.

후
회

잘못이라는 것을 알았으면 깊이 빠지기 전에 원래의 길로

돌아가는 것이 좋다. 그러면 후회하고 한탄하는 일이 없다.

잘못을 되풀이하지 말고, 고치기를 주저하지 말라.

_《역경》

고 박사의 한마디

과거만 보는 사람은 후회하게 돼. '그때 이렇게 할걸' 하고 말이야. 하지만 그런 생각은
결과가 안 좋기 때문에 생긴 거고 행동하는 당시에는 알 수가 없지. 먼 훗날 지금 이 순
간을 후회하지 않도록 뭐라도 하는 게 중요한 거야.

《역경》

중국의 유교 경전 가운데 하나로 '주역'이라고도 부른다. 자연과 삼라만상의 변화
를 '음양이기'의 원리로 해설한다. 태극과 음양, 팔괘를 조합해서 만물을 64가지
유형으로 구분하는데 중국, 더 나아가 동양 철학의 기본 원리를 언급한 책이다.

1장에서 가장 기억에 남는
명언과 이유를 기록해 보세요.

기억에 남는 명언

생각 충만

문제가 있다면 이제 내가 할 일은 '생각'이야.

뭐가 문제인지, 무엇을 어디서부터 하면 되는지,

용기는 어떻게 내야 하는지,

행동에 옮기기 전에 생각을 하면 낭비를 줄이고 헛수고를 방지해 주지.

시간 낭비가 아니야.

물론 마음의 준비를 하는 데에도 요긴해.

무턱대고 움직이다가는 큰 시행착오를 겪을 수 있다고.

차근차근 생각하고 준비해서 보다 나은 미래를 만들어야 해.

사람은 생각하는 대로 사니까.

자
신
감

세상에 대한 자신감을 갖고 역경과 맞서 싸워야 한다.

어떤 고난이라도 반드시 끝이 있기 마련이다.

_ 발타자르 그라시안

고 박사의 한마디

운동선수들이 큰 대회를 앞두고 스스로에게 할 수 있다고 중얼거리는 걸 보게 될 때가
있어. 스스로 자신감을 심어 넣어 주는 거야. 자신감이 없다면 거친 파도에 휘말려도 팔
을 젓거나 물장구를 치면서 살려고 발버둥 치지 않을 거야. 자신감은 나를 끝까지 지켜
주는 유일한 보루야.

발타자르 그라시안

17세기 스페인의 가톨릭 사제이며, 은유법을 사용해 독자에게 충격을 주는 창의적인 글을 많이 썼다. 염세주의 철학을 토대로 소설을 쓰기도 했다.

신
중

다른 사람들이 욕심을 부릴 때 신중하라.

다른 사람들이 두려워할 때 욕심부리라.

_워런 버핏

고 박사의 한마디

어떤 행동을 할 때 수많은 변수가 있지. 그 변수들은 나를 위험에 빠뜨릴 수도 있고, 일을 그르칠 수도 있어. 다양한 변수를 미리 예측하고 조심하는 것을 '신중'이라고 해. 신중하게 행동한다는 건 한발 한발 나아가며 어떤 상황 변화와 변수들이 있는지 살피는 것을 뜻해. 그러다 보면 움직이거나 생각 없이 행동함으로써 발생할 수 있는 위험한 사태들을 막아 낼 수 있지.

워런 버핏

미국의 기업인이자 투자가이며, 뛰어난 투자 실력으로 유명하다. '오마하의 현인'이라고 불리며 2010년에는《포브스》지가 그를 세계에서 3번째 부자로 선정했다. 검소한 삶을 살지만 자선재단을 설립해 큰 돈을 기부하고 있으며, 소득 불평등 문제를 해결하기 위해 부자 증세를 주장하는 것으로 유명하다.

비
판

정확히 비판하려면 비판할 대상을 사랑하면서 대상에서 떨어져 일정한 거리를 두는 일이 중요하다. 나라의 일, 남의 일, 자기의 일을 비판하는 데도 마찬가지이다.

_앙드레 지드

고 박사의 한마디

비판은 애정을 가지고 해야 되는 것이야. 상대방이나 어떤 일이 잘되기를 바라는 마음으로 어떻게 하면 좀 더 좋아질까를 지적해 주는 게 비판의 참모습이지. 누군가를 미워하면서 마구 헐뜯는 것은 비난이지 비판이 아니야. 비난과 비판은 절대 혼동하면 안 된다고.

앙드레 지드

앙드레 지드는 다양한 문학적 실험을 통해 삶과 자아 정체성, 시대와 개인의 권리 등을 탐구한 프랑스의 작가로, 20세기 프랑스 소설 및 현대소설에 많은 영향을 미쳤다. 사랑과 날카로운 심리적 통찰을 통해 인간의 문제와 조건을 예술적으로 잘 제시했다는 평을 받으며 1947년 노벨 문학상을 수상했다.

재
능

너 자신의 생각을 주장하라. 결코 남의 흉내를 내지 말라. 자신이 타고난 재능을 그동안 쌓아 온 능력과 함께 발휘해 보라. 다른 사람의 재능을 따라 하는 것은 일시적일 뿐이다. 각자가 어떤 능력을 발휘할 수 있을지는 신만이 안다.

_랠프 월도 에머슨

고 박사의 한마디

리얼리티 프로그램을 보면 갑자기 출연자가 엄청나게 일을 잘하는 걸 보게 돼. 그런데 그 사람도 그런 일은 처음 해 봤대. 한마디로 재능을 발견하는 거지. 재능은 내 안에 수없이 많이 내재되어 있어. 그것을 끄집어내 본 적이 없다면 재능을 발휘할 기회가 없었던 거야. 능력을 발휘하는 다양한 경험을 통해 최고의 재능을 발견해 낼 수 있어.

랠프 월도 에머슨

미국 보스턴에서 태어난 시인이자 사상가. 동양 사상에 밝아 청교도의 기독교적 인생
관을 비판하면서 편협한 종교적 독단이나 형식주의를 배척했다. 세속을 싫어하고 자연
속에서 사색을 쌓아 '문학적 철인'이라고 추앙받았다.

인간은 끊임없이 어떤 방식으로 행동함으로써 특정한 자질을 습득한다. 올바르게 행동하면 올바른 사람이, 절도 있게 행동하면 절도 있는 사람이, 용감하게 행동하면 용감한 사람이 된다.

_아리스토텔레스

고 박사의 한마디

자질은 재능뿐만 아니라 인성, 자세, 마음가짐까지 다 포함된 거야. 재능이 많지만 실패한 사람이 많아. 하지만 좋은 자질을 지닌 사람은 실패하지 않아. 재능을 자질로 잘 포장해서 세상에 내보내기 때문이지. 좋은 인성과 예의와 정의로운 겸손함을 가지고 재능을 발휘하면 성공하지 못할 일은 없는 거야.

아리스토텔레스

플라톤과 함께 그리스 최고의 사상가로 꼽히며, 서양 지성사의 방향과 내용에 매우 큰 영향을 끼쳤다. 그가 세운 철학과 과학의 체계는 여러 세기 동안 중세 그리스도교 사상과 스콜라주의 사상을 뒷받침했다.

동
기
부
여

안전함으로 후퇴할 것이냐, 발전을 향해 전진할 것이냐는

당신의 선택이다. 끊임없이 발전을 선택하고, 끊임없이 두

려움을 극복하라.

_에이브러햄 매슬로

고 박사의 한마디

살면서 동기를 갖는 것은 중요해. '내가 뭔가 하고 싶다', '어떤 사람이 되고 싶다'라는
동기로부터 모든 위대한 업적이 시작되는 거야. 가우디가 100년 걸려서 성당을 지은
것도 이 세상에 없는 자신만의 걸작을 만들겠다는 강력한 동기가 있었기 때문이야.

에이브러햄 매슬로

미국의 심리학자. 심리치료의 주된 목표가 자아의 통합이어야 한다고 주장한 자기실현 이론으로 가장 잘 알려져 있다. 사람에게는 기본적인 생리적 욕구부터 사랑, 존중, 궁극 적으로는 자기실현 욕구까지, 충족되어야 할 욕구의 위계가 있다고 주장했다.

역량

지속적이며 긍정적인 사고는 역량을 배가시킨다.

_콜린 파월

고 박사의 한마디

역량은 사람마다 달라. 하지만 역량이 있다고 모두 성공하는 것도 아니야. 역량을 발휘
하려면 강력한 의지와 정신력이 필요하기 때문이지. 건전한 정신을 품고 있으면 역량
도 강화될 거야.

콜린 파월

미국의 정치인이자 군인. 조지 부시 대통령 당시 최초의 흑인 국무 장관이 되었다. 걸프 전쟁이 일어나는 동안 합동참모의장을 맡았는데 합동참모본부에 복무한 처음이자 유일무이한 아프리카계 미국인이었다.

정돈

예술은 정돈된 인생이며, 생명의 제왕이다.

_로맹 롤랑

고 박사의 한마디

정리 정돈과 거리가 먼 사람을 많이 봐. 어차피 또 어질러질 테니 내버려 두는 거래. 하지만 수시로 정돈하여 쓸데없는 것을 버리고 필요한 것을 제자리에 놓아야 해. 우리의 삶은 그대로 내버려 두면 쓸데없는 것이 계속 쌓이기 때문이야. 정돈을 잘하는 사람은 항상 자신이 무슨 일을 하는지, 어디로 가는지를 정확히 알고 있지. 이건 물질적인 것, 심리적인 것 모두 마찬가지야.

로맹 롤랑

프랑스의 문학가이자 사상가. 소르본대학에서 음악사를 가르쳤으며, 20세기 프랑스 문학계의 위대한 작가 중 한 사람이다. 가장 중요한 작품으로 베토벤을 모델로 삼은 《장 크리스토프》가 있다.

기
초

견고한 토대 위에 좋은 건설이 있고,

튼튼한 뿌리 위에 좋은 꽃과 열매가 있다.

_ 안창호

고 박사의 한마디

기초가 튼튼해야 높은 건물을 짓는다는 말이 있어. 바꿔 말하면 기초를 넓고 깊게 파야
한다는 뜻이야. 이런 일은 고통스럽지. 기초 파는 걸 목적으로 하는 사람은 아무도 없
어. 그 위에 무언가 쌓기 위해 기초를 닦는 거지. 하지만 기초를 파는 그 고통과 단조로
움을 이겨 내지 못하면 결코 높은 건물을 올릴 수 없어.

안창호

일제강점기 애국계몽운동을 펼치고 독립운동에 일생을 바친 독립운동가로 호는 도
산이다. 가난한 농부의 집안에서 태어나 할아버지 밑에서 성장했으며 공부를 마친 뒤
1897년 독립협회에 가입하고 1907년 신민회를 조직, 1913년 샌프란시스코에서 흥사단
을 결성하였다. 일본 경찰에 체포되었다가 병보석으로 나왔지만 이듬해 세상을 떠났다.

경쟁

경쟁의 세계에는 두 마디 어휘뿐이다.

이기느냐, 지느냐.

_윈스턴 처칠

고 박사의 한마디

연습 경기에서 기록을 못 내다가 실제 경기에서 잘 뛰는 사람들이 있어. 그 이유는 무엇일까? 바로 경쟁자가 있기 때문이야. 경쟁자야말로 나의 기록을 세워 주고, 내 능력을 극한으로 끌어올려 주는 존재야. 경쟁을 즐기고 경쟁을 고마워해야 돼. 지면 분한 마음이 드는 것은 당연해. 하지만 다음에 이기면 되는 것이고, 그러기 위해 노력하도록 만드는 것이 경쟁이지.

윈스턴 처칠

영국의 총리를 지낸 정치가. 자유당 내각에서 통상 장관, 식민 장관, 해군 장관 등을 지
냈다. 제1차 세계대전 당시 해군 장관을 맡았고, 전후 정계에 입문했다. 제2차 세계대전
이 발발하자 다시 해군 장관에 임명되어 전쟁을 승리로 이끌었다.

용
기

용기를 잃는다는 것은 철저한 패배를 의미한다. 철저한 패

배를 원치 않는다면 용기만은 잃지 말 일이다.

_플루타르코스

고 박사의 한마디

'용기 있는 자만이 미인을 얻는다'라는 말이 있어. 이처럼 용기의 대가는 아주 크지. 하지만 용기 내지 못하게 방해하는 요소들이 너무나 많아. 체면, 혹은 자괴감, 무능력. 나를 가로막고 있는 요소를 끊어 내고 자신의 본모습을 드러내는 것이 용기야. 용기를 가리고 있는 요소들을 다 제거하도록 노력하는 훈련이 필요해.

플루타르코스

《플루타르코스 영웅전》의 저자로 널리 알려진 고대 그리스의 철학자, 정치가 겸 작가.
중기 플라톤주의 철학자 중의 한 명이었으며, 《플루타르코스 영웅전》외에도 유명한 저
작으로 《도덕론》이 있다.

열
정

마음속에 식지 않는 열정과 성의를 갖자. 일생이 빛을 얻게 될 것이다. 아무리 친한 벗이라도 자기 자신으로부터 나온 정직과 성실만큼 스스로를 돕지 못한다. 백 권의 책보다 단 한 가지의 성실한 마음이 사람을 움직이는, 보다 큰 힘이 될 것이다.

_벤저민 프랭클린

고 박사의 한마디

열정은 목표가 분명한 사람들에게 주어지는 선물이야. 목표를 이루려면 하루하루를 뜨겁게 살아야 하거든. 낭비할 시간이 없어. 머뭇거릴 시간도 없지. 항상 뜨겁기 때문에 그 뜨거움을 향해서 달려갈 수밖에 없어. 그 뜨거움은 남에게 나눠 줄 수도 있고, 저장해 둘 수도 있어. 마음에 열정을 장착해야만 될 수 있어.

벤저민 프랭클린

18세기 미국의 정치가, 사상가, 발명가. 미국 독립선언서 작성에 참여해 '건국의 아버지'로 불린다. 미국 독립전쟁 때 프랑스의 경제적, 군사적 원조를 얻어 냈다. 2세기 동안 미국의 기본법이 된 미국 헌법의 뼈대를 만들기도 했다. 전기에 관한 실험보고서와 이론은 유럽 과학계에 널리 알려지게 되었는데, 과학에 대한 체계적인 교육을 받은 적이 한 번도 없다.

평등

모든 어린이가 평등한 재능, 평등한 능력, 평등한 동기를
가진 것은 아니다. 그러나 그들은 훌륭한 사람이 되기 위해
그들의 재능, 능력 및 동기를 계발할 수 있는 평등한 권리
를 가져야만 한다.

_존 F. 케네디

고 박사의 한마디

평등을 결과의 평등으로 보는 건 잘못된 생각이야. 평등은 기회의 평등이라야 해. 학교
에서는 학생들에게 똑같은 수업을 평등하게 제공하고 있어. 하지만 학업의 결과는 사
람마다 달라. 진정한 성공을 꿈꾼다면 평등을 부르짖을 것이 아니라, 평등한 조건에서
불평등한 나만의 성과를 내야 하는 거야. 회사에 다니는 사람의 연봉이 제각기 다른 이
유가 바로 그것이지.

존 F. 케네디

미국의 제35대 대통령. 재임 중 쿠바 사태, 베를린 봉쇄 등 여러 가지 어려운 위기를 맞았다. 핵실험금지조약 체결과 '진보동맹' 결성 등의 업적을 남겼다. 댈러스에서 자동차로 가두 행진을 벌이던 중 암살당했다.

도
전

자기 앞에 어떠한 운명이 가로놓여 있는가를 생각하지 말고 앞으로 나아가라. 그리고 대담하게 자신의 운명에 도전하라. 이것은 옛말이지만 인생의 풍파를 헤쳐 나가는 묘법이 담겨 있다. 운명을 두려워하는 사람은 운명에 먹히고, 운명에 도전하는 사람은 운명이 길을 비킨다.

_오토 폰 비스마르크

고 박사의 한마디

도전에서 성공할 확률보다 실패할 확률이 높아. 하지만 실패가 두려워서 주저앉아 있으면 도전 없이 살다가 결국 실패자가 되고 말아. 도전이라도 해 봐야 성공의 기회가 오는 것이지. 집에 물이 차오르고 빠져나갈 방법이 없다면 지붕을 뚫고라도 나가는 등의 도전을 해 봐야 할 거야. 그대로 손 놓고 있다가 물에 빠져 죽을 순 없기 때문이지.

오토 폰 비스마르크

아버지는 프로이센의 지주 귀족이었고 어머니는 고급관료의 딸이었다. 당당한 체구, 국가에 대한 헌신, 왕성한 식욕을 지녔던 비스마르크는 외모와 정신 모두 순수한 프로이센과 동부 독일의 지주였다. 정신, 감정 면에서 지성과 표현의 재능을 갖추고 있었다.

환
경

군자는 사는 곳으로 반드시 좋은 환경을 택하고, 교유(交遊)하는 사람으로 반드시 학덕이 있는 사람을 택해야 한다. 사람은 환경과 교유 관계에 의해 성격, 수양의 정도가 달라지는 것이다.

_순자

고 박사의 한마디

환경 좋은 곳은 경쟁이 있고, 선한 영향력이 있고, 열정과 의지를 심어 줘. 그렇기 때문에 사람들이 좋은 학교에 가서 공부하려고 노력하는 것이지. 내 주변 환경이 나의 꿈을 이루는 데 도움이 되지 않는다면 과감히 바꿔 보도록 해.

순자

중국 전국 시대 조나라의 사상가로서, 공맹 사상(孔孟思想)을 가다듬고 체계화했다. 사상적인 엄격성을 통해 이해하기 쉽고 응집력 있는 유학 사상의 방향을 제시했다. 그는 "인간의 본성은 악하다. 선한 것은 수양에 의한 것일 뿐이다"라고 했으며, 유학 사상이 오늘날까지 이어지는 건 많은 부분에서 공헌한 순자 덕분이라고 해도 과언이 아니다.

의
미

자기의 인생과 남들의 인생이 무의미하다고 생각하는 사람
은 불행한 사람이요, 인생에 대한 준비가 되어 있지 아니한
사람이다.

_알베르트 아인슈타인

고 박사의 한마디

아주 사소한 장난감 하나에도 아이들은 집착해. 그 이유는 무엇일까? 그 장난감에 수
많은 의미가 담겨 있기 때문이야. 의미가 담긴 장난감은 백화점에 있는 수백만 개의 비
싼 장난감과 바꿀 수 없어. 나의 행동, 나의 삶, 나의 생각은 이렇게 의미를 담았을 때
귀한 것이 되는 법이야.

알베르트 아인슈타인

독일 태생의 유대계 이론물리학자. 상대성이론을 발표해 과학계의 혁명을 이끌었고, 국제적 명성을 얻었다. 1905년《물리학 연보》에 5편의 중요한 논문을 발표했다. 우주에 대한 인간의 생각을 영구히 바꾸어 버린 상대성이론이 여기에 포함되어 있다.

습득

꿀벌이 꽃에서 꿀을 창조하듯, 사람은 습득한 남의 지식을
기초로 하여 새로운 자기 학문을 창조해야 한다.

_프랜시스 베이컨

고 박사의 한마디

습득이라는 것은 남들이 만든 기술이나 지혜, 지식을 연습을 통해 내 것으로 만드는 거
야. 익혀서 터득하는 것이지. 나 혼자 모든 것을 해낼 수는 없어. 남들이 이룬 것을 터득
하는 능력도 길러야 해. 끊임없이 연습하여 얻어 내는 자세만이 나를 성공으로 이끌 수
있어.

프랜시스 베이컨

영국의 정치인이자 연설가. 제임스 1세의 대법관이었으며, 사상에 기초한 지식을 바탕
으로 자연을 지배할 수 있는 새로운 방법을 제시한 것으로 유명하다.

호
기
심

자신의 일에 대해 생겨나는 호기심은 충족시키고 발전시켜
야 하지만, 남의 일에 대한 호기심은 꿈에서조차 중요하지
않다.

_미겔 데 세르반테스

고 박사의 한마디

하늘나라에는 어린아이 같은 사람이 들어간다고 해. 어려서 유치하다는 뜻이 아니라
어린이와 같은 호기심을 지녔다는 의미야. 새로운 것을 받아들이고 새로운 것을 궁금
해하며 매일매일을 기대하는 호기심 가득한 사람은 충실한 삶을 살지. 매일 마음속에
호기심을 장착하도록 해.

미겔 데 세르반테스

스페인의 대문호 소설가. 어려서부터 가난한 가정 형편으로 교육을 제대로 받지 못했고, 해적에게 납치되고 장애인이 되는 등 드라마틱한 삶을 살았다. 그의 문장은 풍자와 해학이 넘치고 자유분방하며, 대표작《돈키호테》는 불후의 명작으로 널리 알려져 있다.

확
신

성공에 대한 확신이 성공으로 향하는 첫걸음이다.

_로버트 슐러

고 박사의 한마디

확신의 좋은 점은 대가가 없다는 점이야. 나 스스로 믿고 나 스스로 확실히 된다고 여
기면 되는 거야. 핸드폰 바탕화면에 원하는 꿈을 심어 놓는다든가, 책상 앞에 꿈을 적
어 놓는 행위, 이런 것들은 모두 나에게 확신을 심어 주기 위한 것이야. 지금 당장이라
도 한번 시도해 볼 만한 좋은 팁이지.

로버트 슐러

미국의 명연설가이자 목사. 영혼을 울리는 이야기의 달인으로, 신념에 의해 새로운 사고방식을 펼칠 수 있으며 적극적인 삶을 살 수 있다는 주장으로 유명하다.

2장에서 가장 기억에 남는
명언과 이유를 기록해 보세요.

기억에 남는 명언

실천 배양

드디어 움직일 때가 되었어.
아무리 좋은 생각과 아이디어도 직접 실천해야 의미가 있는 법이야.
아무리 뛰어난 이상도 움직여서 이루어야 사람들이 존경하지.

때론 우직하게 때론 과감하게, 나의 꿈을 향해 나아가야 해.
장애물과 어려움은 이겨 내고
고통과 난관은 극복해야 해.
과거로 되돌아가거나 현실에 안주할 수는 없어.
나는 더 이상 과거의 내가 아니니까.

행동

나처럼 행동하라고 누구에게나 말할 수 있도록 노력하라.

_이마누엘 칸트

 고 박사의 한마디

친구들이 여럿 모이면 말만 하는 사람이 있고, 행동을 하는 사람이 있어. 결국 무언가를 이루어 내는 사람은 행동하는 사람이야. 말로만 떠들거나 생각하며 머뭇거릴 동안에 바로 행동하고 실천하는 것, 그것이 나를 보다 나은 길로 이끌어 주는 지름길이지.

_____

_____

_____

_____

_____

_____

_____

_____

이마누엘 칸트

철학을 배울 것이 아니라 '철학 하는 것'을 배우라고 말한 독일의 철학자이다. 시계처럼 정확하고 규칙적으로 생활했으며, 선천적으로 몸이 허약했지만 규칙적인 생활 덕분에 건강을 유지했다. 서양 근대 사상이 지향했던 도덕적 이상을 집대성했다.

향
상

일반인을 인도하여 오늘은 어제보다, 내일은 오늘보다 낫
도록 향상시킨다. 인간의 수양은 자기만 잘한다고 그것으
로 족한 것이 아니다. 사람들과 친하지 않으면 또한 완전하
게 완성한 것이 아니다.

_《대학》

고 박사의 한마디

어제보다는 오늘이 나아야 해. 과거보다 지금의 내가 훨씬 깨달음을 얻어야 해. 이것을
우리는 향상이라고 해. 무엇이든지 좀 더 나아지고 좋아져야 해. 풍요로움, 그리고 발전
과 향상이 없다면 우리 삶은 제자리에 머물러 있는 거야.

《대학》

중국 한대 이래 전해진 오경(五經) 중《예기》에서 '중용'과 '대학'을 분리하면서 단독서
가 되었다. 자기 수양을 완성하고 사회 질서를 이루는 과정을 이론적으로 일목요연하
게 보여 준다.

분
발

학문에 게으르면 근심하여 격려하고 부추기고 교화하기를 한결같이 정성으로 하였다. 그리하면 교훈을 받는 사람이 감격하여 분발하지 않을 수 없다.

_퇴계 이황

고 박사의 한마디

굼벵이도 밟으면 꿈틀한다는 말이 있어. 자기를 죽이려고 하는데 가만히 당하고만 있진 않는다는 뜻이야. 한마디로 굼벵이도 최선을 다해서 살려고 발버둥 치는 거야. 사람도 분발할 줄 알아야 해. 자신의 처지를 이겨 내고 이를 악물고 무언가를 향해서 눈을 부릅뜰 수 있는 것. 그렇게 분발하는 자만이 성공의 열매를 딸 수 있어.

_____

_____

_____

_____

_____

_____

_____

_____

퇴계 이황

조선의 성리학자. 학문의 경지가 높아서 조선 시대 사상에 큰 영향을 주었고, 일본 유학
에도 지대한 영향을 미쳤다. 이뿐 아니라 개화기 중국의 지도자들에게도 존경을 받아
세 나라의 도의 철학을 만들고 실천한 학자로 인정받는다.

열
심

일을 한다는 것은 사회적 인간으로서 부득이한 의무이다. 그러므로 놀고먹는 사람은 모두 다 사기꾼이다. 사기꾼 부류에 속하지 않으려면 일해야 한다. 직업이 뭐든 상관없다. 열심히 일하지 않는 사람은 먹지도 말아야 한다.

_장 자크 루소

고 박사의 한마디

열심히 한다는 것은 부지런하다는 뜻이기도 해. 부지런하게 미리 준비하고 미리 노력하기 때문에 열심히 하는 사람을 당할 자는 없어. 열심히 하는 자를 싫어하는 사람도 없어. 다만 지혜롭게 열심히 하도록 고민해야 해.

_____

_____

_____

_____

_____

_____

_____

_____

장 자크 루소

프랑스 계몽기의 작가이자 사상가로서 프랑스 혁명의 이론적 배경을 제시했다. 자연적
인 인간 생활을 왜곡시켜서 사회적 불평등이 조성되었으니 '자연으로 돌아갈 것'을 주
장했다.

변
화

살아남는 것은 가장 강한 종이나 가장 똑똑한 종이 아니라,

변화에 가장 잘 적응하는 종이다.

_찰스 다윈

고 박사의 한마디

코로나 바이러스로 인한 경제 위기가 닥치자 사람들은 위기가 없었으면 좋겠다고들
해. 하지만 위기는 달리 말하면 변화야. 변화를 준비하지 않은 자들이 위기를 느끼는
거야. 변화가 오기 때문에 새로운 강자가 태어나고, 새로운 성공이 나타나는 거지. 변화
가 있어서 나에게도 기회가 오는 거야. 변화를 기쁘게 받아들일 준비를 해야 해.

찰스 다윈

영국의 생물학자. 진화론의 창시자로서 갈라파고스 제도의 생태계를 조사하면서 얻은 영감을 바탕으로 자연선택을 통해 생물이 진화한다고 주장했다.

고
난

고난의 시기에 동요하지 않는 것. 그것은 진정 칭찬받을 만

한 뛰어난 인물이라는 증거다.

_루트비히 판 베토벤

고 박사의 한마디

모든 사람에게 고난이 있어. 하지만 그 고난에 의미도 있어. 고난을 겪고 있기 때문에
나중에 그 고난을 겪는 다른 사람들을 지도해 줄 수도 있고, 경험을 나눠 줄 수도 있는
거야. 한마디로 고난이 나에게는 놀라운 지적 자산이 되는 거지.

_____

_____

_____

_____

_____

_____

_____

_____

_____

루트비히 판 베토벤

고전주의와 낭만주의 양쪽을 아우르는 뛰어난 음악가. 여느 작곡가와 다르게 삶의 철학을 음악으로 표현했으며 인간의 의지를 확신했다. 청력을 잃은 뒤에도 작품 활동을 계속하여 뛰어난 작품들을 작곡하는 위대함을 보였다.

능력

평범한 능력밖에 없는 사람에게 겸손은 순수한 마음의 표상이지만, 훌륭한 능력을 지닌 사람에게 겸손은 위선일 뿐이다.

_아르투어 쇼펜하우어

고 박사의 한마디

많은 사람이 모여 있을 때, 결국 존경받는 사람은 능력이 있는 사람이야. 능력을 가졌다는 것은 그 분야에서 노력하고 그 능력을 향상시켜 왔다는 뜻이지. 능력은 키우기는 어려운데 사라지는 것은 순식간이야. 항상 자신의 능력을 갈고닦으면서 준비가 되어 있어야 하는 것이라고.

_____

_____

_____

_____

_____

_____

_____

_____

_____

아르투어 쇼펜하우어

독일의 염세주의 철학자. 칸트의 직계라고 자임하면서 칸트를 흠모하고 본받았을 정도
다. 철학 교수와 여성을 혐오했고 의심이 많았다. 인간과 자연, 세계를 움직이는 원동력
은 의식하지 않고 목적이 없는 의지라고 주장했다.

혁
명

혁명은 하나의 불행이다.

더 큰 불행은 실패한 혁명이다.

_하인리히 하이네

고 박사의 한마디

혁명은 뭐든 기존의 틀을 갈아엎는 거야. 새로운 틀로 세상을 만드는 거지. 기존의 틀
에 얽매여 있던 사람들은 고통을 느끼겠지만 새로운 세상을 꿈꾸는 자에게 혁명은 커
다란 기쁨이야. 내 안에서 혁명을 일으키기 위해 준비하고 모든 것을 바꿔야 해. 국내
에서도 2~3위 기업이었던 S 전자가 세계 초일류 기업이 된 것은 바로 모든 것을 바꾸
는 초혁명의 과정을 거쳤기 때문이야.

_____

_____

_____

_____

_____

_____

_____

_____

하인리히 하이네

유대인인 하이네는 법률을 전공하여 학위를 취득한 후 진로를 문학으로 바꾸어 독일 후기 낭만주의의 대표 시인이 되었다. 많은 시가 인기를 끌자 나치는 그의 작품에서 유대인이라는 이름을 빼고 실었으며 프랑스, 영국, 미국에서는 더 유명했다.

열
의

꿈을 꼭 이루겠다는 당신의 열의가 그 무엇보다 중요하다

는 사실을 항상 명심하라.

_에이브러햄 링컨

고 박사의 한마디

하지 않겠다, 못 하겠다는 생각으로는 절대 마음이 뜨거워지지 않아. 오히려 차가워지
지. '하겠다', '해내겠다' 이런 마음으로 내 가슴을 덥히는 것을 열의라고 해. 열의가 있
는 사람은 눈빛부터 다르고 행동도 달라져. 주변을 달궈서 세상의 빛이 되는 거야.

_____

_____

_____

_____

_____

_____

_____

_____

에이브러햄 링컨

미국의 제16대 대통령. 가난한 집안 출신이지만 매우 인간적이고 따뜻한 인격의 소유
자였으며 미국 연방의 구원자, 노예 해방자로서 역사적인 역할을 해냈다. 그리고 민주
주의를 대변하는 위대한 웅변가로서 존경을 받았다.

기
록

콘텐츠를 창조하지 말고 기록하라.

_게리 바이너척

고 박사의 한마디

나는 평생 기록을 하고 있어. 대학교 때부터 기록했던 수많은 메모장이 지금도 셀 수 없을 정도로 서재에 가득하지. 사건의 증거가 되고, 역사가 되기도 해. 기록만이 나를 붙잡아 주는 확실한 뼈대가 되어 주지.

게리 바이너척

베스트셀러 작가이자 사업가이며, 소셜 미디어의 구루. 유튜브에서 독설하는 강연가로
유명하다. 소셜 미디어 콘텐츠로 브랜드 명성을 쌓았으며, 마케팅 사업 및 거액의 자산
운영으로도 유명하다.

운동

각자의 건강에 주의하라. 사려 분별이 있는 인간은 운동과 식사 문제에 주의해서 무엇이 자신에게 좋고, 무엇이 자신에게 나쁜가를 의사 이상으로 잘 안다.

_소크라테스

고 박사의 한마디

건강한 몸에 건강한 정신이 깃든다는 말이 있어. 운동으로 몸만 살찌우는 것이 아니라 두뇌도 건강해지고 정신도 강해져. 혈액순환이 좋아지기 때문이지. 한마디로 머리가 좋아지려면 운동을 잘해야 하는 거야. 고르게 운동하는 능력은 어릴 때부터 길러야 해.

―――――――――――――――――――――――――――――

―――――――――――――――――――――――――――――

―――――――――――――――――――――――――――――

―――――――――――――――――――――――――――――

―――――――――――――――――――――――――――――

―――――――――――――――――――――――――――――

―――――――――――――――――――――――――――――

―――――――――――――――――――――――――――――

소크라테스

서양 지성사에서 가장 위대한 철학자. 젊은 시절부터 진리를 탐구했고, 죽을 때까지 윤리 문제를 고민했다. 아테네의 시민 법정에서 사형 선고를 받아 독배를 들고 최후를 맞이했다.

독
서

독서야말로 인간이 해야 하는 첫 번째 깨끗한 일이다.

_정약용

고 박사의 한마디

독서는 마음의 양식이라고 하지. 몸의 양식은 많이 먹으면 살이 찌지만, 마음의 양식은
살이 안 쪄. 음식을 먹거나 활동을 하면 쓰레기를 만들지만, 독서는 누구에게도 해를
끼치지 않는 기쁘고도 행복한 일이야. 독서를 많이 함으로써 이 세상에 무해한 인간으
로 살 수 있어.

_____

_____

_____

_____

_____

_____

_____

_____

_____

정약용

조선 정조 시대의 실학자. 실학사상을 집대성하고 발전시킨 선진적인 사상가이자 독서
가이고 저술가이다. 수원성 건립 당시 거중기를 고안하여 건축에 기여했다.

연습

마음속으로 미리 어떤 일들을 완벽하게 해내는 연습을 하며 시간을 보내라. 크게 성공한 사람들은 이미 다들 그렇게 하고 있다.

_앤드류 매튜스

고 박사의 한마디

피아노 선생님은 꼭 수업을 끝낼 때 이렇게 이야기해. "연습 많이 해 와." 태권도 선생님도 당부하지. "연습 많이 해 와." 많이 연습하면 이를 점검해 주는 것이 선생님의 본분이기 때문이야. 선생님이 나의 모든 능력을 대신해 줄 수 없기 때문이기도 하고. 이와 마찬가지로 내가 원하는 것이 있다면 연습은 나와의 싸움이자 대화야. 오랜 시간을 투자하고 많은 노력을 기울여야 해.

_____

_____

_____

_____

_____

_____

_____

_____

_____

앤드류 매튜스

호주의 베스트셀러 작가이자 연설가. 인생에 대한 통찰을 글로 쓰고 독특한 일러스트를 덧붙여 책으로 출간했다. 전 세계를 대상으로 순회 강연을 다니거나 세미나에 연사로 초빙되는 등 바쁜 나날을 보내고 있다.

에
너
지

보통의 사람은 자신의 에너지와 능력의 25%를 일에 투여하지만, 세상은 능력의 50%를 쏟아붓는 사람들에게 경의를 표하고 100%를 투여하는 극히 드문 사람들에게 머리를 조아린다.

_앤드류 카네기

고 박사의 한마디

이 세상 에너지의 총합은 제로야. 누군가가 에너지를 쓰면 누군가는 그 에너지를 받아먹는 법이거든. 내 안에 있는 에너지를 모두 나의 삶을 위해 써야 해. 쓸데없는 곳에 쓸 에너지는 없어. 똑같은 에너지를 받아서 미래를 위해 투자하는 자와, 과거에 투자하거나 쓸모없는 일에 허비하는 자의 결과는 오래지 않아 비교가 되지.

_____

_____

_____

_____

_____

_____

_____

_____

앤드류 카네기

미국의 철강 재벌. 영국에서 미국으로 이민 간 가난한 집안의 아들이었지만 침대차 아이디어를 내고 유전에 투자하면서 큰돈을 벌었다. 생의 후반 막대한 재산을 기부해 미국 전역에 2500개의 도서관을 지었다.

공
부

하루 공부하지 않으면 그것을 되찾기 위해 이틀이 걸린다. 이틀 공부하지 않으면 그것을 되찾기 위해서는 나흘이 걸린다. 1년 공부하지 않으면, 그것을 되찾기 위해서는 2년이 걸린다.

_《탈무드》

고 박사의 한마디

인간은 불완전한 존재야. 부족한 부분은 무엇으로 채울까? 바로 공부로 채우는 거야. 모르는 것을 찾아 지식을 쌓고 지혜를 얻으며 성장하는 모든 과정이 공부야. 단순히 대학에 들어가기 위해 암기 과목을 외우는 것이 공부라고 생각하지는 마. 왜냐하면 평생 공부해도 우리 인간은 완벽해지지 않기 때문에.

《탈무드》

유대교의 율법, 윤리, 철학, 관습, 역사 등을 기록한 문헌이다. 사람이 살아가는 이유, 인간의 위엄, 행복과 사랑이 무엇인가 등의 의문과 가르침을 담았다. 5000년에 걸친 유대인의 지적 자산이 농축되어 있는 문헌이다.

노력

재주가 비상하고 뛰어나도 노력하지 않으면

쓸모없는 것이다.

_미셸 드 몽테뉴

고 박사의 한마디

노력이야말로 우리가 가진 유일한 무기지. 될 때까지 시도하는 것, 이것을 노력이라고
해. 커다란 바위가 낙수에 뚫리는 것은 물방울이 노력했기 때문이야. 오랫동안 지치지
않고 끊임없이 돌을 두들기니 돌이 매끄러워지고 파이고 결국에는 뚫리는 거지. 노력
은 기적을 만들어 내는 성공 비결이야.

_____

_____

_____

_____

_____

_____

_____

_____

미셸 드 몽테뉴

프랑스의 대표적인 문학가이자 사상가이며 교육학자. '나는 무엇을 아는가'라는 질문
으로 모든 대상에 대해 비판적 사고를 지녀야 한다는 관점에서 인생을 고찰했다.

3장에서 가장 기억에 남는
명언과 이유를 기록해 보세요.

기억에 남는 명언

핵심 비결

이제 성공만이 남았어.
나의 노력과 인내는 보상받아야 해.
그 보상은 바로 성공이야.
잠시도 안심하지 말고, 치밀하게 또한 과감하게
나의 목표를 달성해야 해.

성공만이 나에 대한 칭찬이며 보람이야.
이런 성공을 위해 나는 오랜 시간 노력해 왔어.
나에게 성공이란 과연 무엇인지 생각해 봐.

결과

예술가는 의도가 아니라 결과로 평가받아야 한다.

_파블로 피카소

고 박사의 한마디

좋은 책을 만들었지만 잘 팔리지는 않았다고 이야기하는 출판사 사장이 있어. 하지만 아무리 좋은 책이어도 판매라는 결과를 내지 못하면 그 책의 좋은 내용이 독자들에게 전달되지 않아. 세상은 이렇게 늘 결과만 보지. 세상을 비난할 수는 있어. 하지만 결과만으로 판단하는 세상을 바꿀 수 없다면 나 역시 결과를 만들어 내려고 노력해야 해.

파블로 피카소

20세기의 대표 화가. 입체파 화가로 새로운 사조를 만들어 냈다. 생을 마감할 때까지 끊임없이 새로움을 추구했고, 다작을 통해 예술계에 엄청난 영향력을 끼쳤다.

취
미

행복이란 같은 취미와 같은 의견을 가진 사람들의 교제를 통해 축적된다. 인간적 행복을 원하는 사람은 칭찬을 더 많이 하고 시기심을 줄여야 한다.

_버트런드 러셀

고 박사의 한마디

취미는 목적이 없다고들 이야기하지만 그렇지 않아. 요즘 같은 시대에는 취미가 곧 목적이 되고, 취미가 직업이 되고, 직업이 취미가 되기도 해. 모든 것이 연결되어 있기 때문이야. 취미라고 해도 거기에 전문성을 더하면 정말 보람 있는 삶의 행복으로 돌아올 거야.

버트런드 러셀

영국의 철학자이자 논리학자이며 사회정치운동가. 평화 운동, 핵무장 반대 운동을 펼쳤으며 1950년 노벨 문학상을 수상했다.

훈
련

인격이란 순화된 습성, 훈련의 결과 및 신념을 말한다.

모든 인격은 유전, 환경, 교육의 영향을 받는다.

_어니스트 헤밍웨이

고 박사의 한마디

특수부대 요원들이 놀라운 능력을 발휘하는 비결은 무엇일까? 바로 끊임없는 훈련 덕분
이야. 훈련이라는 것은 어떤 상황이든 대비하는 능력을 키우는 과정이지. 상황이 벌어진다
면 바로 써먹을 수 있는 능력, 그것은 훈련으로만 기를 수 있어.

어니스트 헤밍웨이

미국의 소설가. 대학 신문 기자를 하면서 글을 쓰기 시작했으며 명성을 얻었다. 《노인과 바다》로 퓰리처상과 1954년 노벨 문학상을 받았다. 강하고 힘찬 글과 대담하고 널리 공개된 생활로 유명했으며, 사냥과 낚시를 좋아했다.

장점

단물이 나는 샘은 가장 먼저 퍼내어 마르게 되고, 키가 큰
나무는 가장 먼저 잘리게 된다. 모든 것은 쓸모가 있으면
그 장점으로 인해 몸을 망치게 된다.

_묵자

 고 박사의 한마디

장점은 남과 다른 나만의 능력이자 재능이야. 잘 기르며 그런 장점을 남에게도 열심히 보
여 주고 어필해야 해. 숨기고 가리면 누구도 알아보지 못할 거야. 송곳은 아무리 감싸도 뚫
고 나온다는 옛말이 있어. 이 세상을 향해 뚫고 나갈 나만의 능력, 그것이 장점이야.

묵자

중국 춘추 전국 시대의 제자백가 중 묵가를 대표하는 학자. 자신을 대하듯 남을 대하는 겸애를 주장했다. 사회 혼란의 원인은 인간의 이기심과 편애로, 차별 없이 사랑하고 이익을 나누어야 세상의 혼란을 극복할 수 있다고 보았다.

헌
신

헌신이야말로 사랑의 연습이다. 사랑은 헌신으로 자란다.

_로버트 루이스 스티븐슨

고 박사의 한마디

이기적인 세상에서 소중한 친구를 사귀고 좋은 인간관계를 맺는 방법은 무엇일까? 내가
먼저 그들에게 헌신해야 해. 나의 것을 보여 주고, 나의 시간과 노력을 나눠야 그들도 고마
워하면서 그들의 것을 내주거든. 헌신하지 않으면서 남에게 헌신을 바라는 것은 이치에 닿
지 않아.

로버트 루이스 스티븐슨

영국의 소설가. 《지킬 박사와 하이드 씨》, 《보물섬》 등으로 유명하다. 어려서부터 글을
쓰고 싶어 했으며, 10대에는 작법을 배우기 위해 다양한 산문과 운문을 모방했다.

위대한 것을 얻기 위해

좋은 것을 포기하는 일을 두려워하지 말라.

_존 데이비슨 록펠러

고 박사의 한마디

인간에게 주어진 능력과 시간은 한계가 있어. 모든 것에 열정적으로 덤벼들 순 없는 거야.
때에 따라 선택과 집중이 필요해. 어떤 때는 과감히 포기할 줄도 알아야 하지. 포기한 것에
미련을 가지고 뒤돌아보지는 마. 그 시간에 선택한 일에 집중해야 해. 포기가 있기 때문에
선택할 수 있는 거야.

존 데이비슨 록펠러

미국 석유산업계를 지배한 최대의 갑부. 말년에 집중한 자선사업에서 총 5억 달러 넘게 기부했다. 너무 거대한 부를 축적하자 법원이 독점금지법을 위반했다고 판정했고, 이후 그는 자선사업에 전념했다. 1892년 시카고대학교 설립에 기여했고, 8000만 달러 이상을 학교에 기부했다.

이
상

이상(理想)이 없는 사람은 돈이 있어도 몰락의 길을 걷는다.

_표도르 도스토옙스키

고 박사의 한마디

호모 사피엔스가 네안데르탈인을 멸종시킨 유일한 비결이 뭐냐 하면, 바로 추상적인 생각을 할 수 있다는 거였어. 그들은 추상적인 단어를 구사했지. 눈에는 안 보이지만 원하는 어떤 것을 표현할 수 있었어. 그런 걸 우리는 이상이라고 해. 나의 삶에도 이상이 있어야 해. 그래야 삶이 발전하는 거야.

표도르 도스토옙스키

러시아의 소설가. 인간 심성을 꿰뚫는 통찰력으로 많은 작품을 남겼다. 인간의 어두운 부분을 드러냄으로써 소설 문학 전반에 심오한 영향을 주었다. 《죄와 벌》, 《백치》, 《카라마조프가의 형제들》 등의 작품은 그에게 위대한 소설가라는 명성을 안겨 주었다.

시
간

한 자루나 되는 구슬을 보배로 여기지 말고,

한 치의 시간을 다투라.

_《명심보감》

고 박사의 한마디

시간의 고마운 점은 모두에게 공평하게 주어진다는 거지. 우리는 매일 신에게 24만 원을 받고 있어. 24만 원을 내일도 또 받는다고 오늘 함부로 쓸 수는 없는 거야. 왜냐하면 한번 쓴 돈이 돌아오지 않듯 지나간 시간은 돌이킬 수 없기 때문이야.

《명심보감》

고려 충렬왕 때 예문관제학을 지낸 추적이 편찬한 책으로, 각종 경서와 역사 문학서에
서 좋은 글을 뽑아 엮었다. 주로 한문을 배울 때 《천자문》을 뗀 뒤, 《동몽선습》과 함께
기초 과정의 교재로 널리 쓰였다.

반
복

반복은 퇴보이며 인생은 반복을 두려워한다.

_프란체스코 알베로니

고 박사의 한마디

반복에는 양면이 있어. 반복함으로써 능력과 요령이 생길 수 있지만, 실패를 반복할 경우
퇴행을 거듭하게 돼. 긍정적인 반복을 통해 나 자신을 키워야 해. 부정적인 반복으로 나를
가두는 일은 없어야 해.

프란체스코 알베로니

이탈리아 태생의 스페인 정치가. 어려서 사제가 되었지만 현실 정치에서 활발하게 활
동했다.

칭
찬

사람들은 곧잘 따끔한 비평의 말을 바란다고 하지만,

정작 그들은 내심 비평 따위가 아닌 칭찬의 말을 기대한다.

_서머싯 몸

고 박사의 한마디

칭찬을 받으면 누구나 기분이 좋아. 하지만 어떤 프로야구 감독은 선수들에게 칭찬을 하지
않는데, 그들이 받는 연봉이 칭찬이기 때문이래. 입에 발린 달콤한 칭찬에 빠져 있을 시간
에 더 많이 훈련하고 노력하라는 의미야. 진정한 칭찬은 세상 사람들이 나를 존경의 눈으
로 바라보고 인정해 주는 것이 아닐까 싶어. 입에 발린 말이 아니라.

서머싯 몸

영국의 소설가. 킹스 칼리지에서 의학을 공부했지만 뒤에 문학으로 전향했다. 동양적인 것에 관심을 가졌고 강하고 명석한 문체로 세상을 묘사했다. 해학이 넘치는 풍자 희극의 전통을 세우기도 했다.

도
움

다른 사람을 도와주는 일을 하는 사람은 자신에게 가장 큰

선물을 주는 것이다.

_세네카

고 박사의 한마디

인간 세상은 다 함께 더불어 사는 세상이야. 싫건 좋건 서로 부딪치며 관계를 맺게 되지. 관
계 속에서 도움을 주고받으며 친해지고, 의리를 지키며 가까워지는 거야. 자연스럽게 도움
을 청하고 도움 요청을 거절하지 않는 것, 그것이 동물과 인간의 차이점이라 할 수 있지.

세네카

1세기 중엽 로마의 지성인으로, 네로 황제 시대에는 로마의 실질적 통치자였다. 50년에 집정관이 되었고, 동료 그룹을 만들어 훗날 황제가 되는 네로의 스승이 되었다.

언어

서서히 언어 동작을 아름답게 하고 드디어 여러 사람을 잘
이끌어 나가게 한다.

_《서경》

고 박사의 한마디

언어야말로 인간을 인간답게 만들어 주는 요소야. 언어로 소통이 가능하기 때문이지. 언어를 아름답게 갈고닦아 잘 쓸 수 있도록 노력해야 해. 우리는 언어로 모든 일을 해낼 수 있어.

《서경》

오경(五經) 가운데 하나로 사관이 기록한 글들을 바탕으로 중국 상고사를 기록한 책이다. 공자가 이를 중히 여겨 번잡한 것을 정리하여 다시 편찬했다는 설이 있다.

웃음

인생이 엄숙할수록 웃음은 필요하다.

_빅토르 위고

고 박사의 한마디

'웃는 얼굴에 침 못 뱉는다'는 말이 있지. 무슨 뜻이냐 하면 웃음이 누군가에게 밝은 기분을
전해 주고, 그 웃음을 통해서 소통이 일어나고 관계가 좋아진다는 거야. 웃을 수 있다면 여
유가 있는 것이고, 여유로운 마음으로 서두르지 않으며 나의 길을 잘 갈 수 있다는 의미야.

빅토르 위고

19세기 프랑스의 국가 정신과 시대 정신을 지배하고 대표한 작가다. 인간 군상을 생생하게 묘사한 다수의 문학 작품을 남겼다. 《레미제라블》이 그의 대표작이다.

싸워서 이기기는 쉬우나 지켜서 이기는 일은 어렵다. 지켜서 최후의 승리를 얻기 위해서는 일치단결된 협력이 필요하기 때문이다.

_《오자》

고 박사의 한마디

인간의 힘은 오랑우탄의 5분의 1밖에 안 된대. 자연에서는 아주 미약한 존재이지. 하지만 힘센 오랑우탄이 아닌 인간이 세상을 이끌어. 그 이유는 무엇일까? 인간은 협력하기 때문이야. 혼자서는 하기 힘든 일도 협력하면 이룰 수 있어. 협력해 줄 나의 동료들이 주변에 있는지 항상 살펴야 해.

《오자》

중국의 유명한 병법서. 전국 시대 오기가 지었다고 전하는 대표적인 병서로, 《손자》와 함께 《손오병법(孫吳兵法)》이라고 불리기도 한다. 전쟁 준비와 용병술, 적의 특성에 대응하는 전법까지 실질적인 전략과 전술을 설명하는 책이다.

체
득

덕(德)은 득(得)이다. 즉 체득한 것이 아니라면 그 사람의 덕

이 될 수 없다. 귀로 들은 지식만으로는 덕이 되지 않는다.

_한비자

고 박사의 한마디

공부를 엄청나게 많이 했는데 시험만 끝나면 다 잊어버려. 왜 그럴까? 체득하지 않기 때
문이야. 몸으로 그 지식을 체험해야 해. 가급적이면 실제 현장에 가 보고, 가능하다면 내가
배우고 익힌 것을 몸으로 적용해 보는 훈련이 필요해. 체득한 것은 평생 가기 때문이야.

한비자

중국 전국 시대 말기의 법치주의자. 한나라의 위기에 충언을 했지만 받아들여지지 않
자 책을 쓰게 되었다. 그 책이 그의 이름을 딴 《한비자》다. 그 책을 읽은 진시황이 불러
서 총애했다. 근본적으로 사악한 인간은 법으로 다스려야 한다고 주장했다.

요
점

널리 배워서 상세하게 풀어 나가는 것은 이를 바탕으로 근본으로 돌아가 그 요점을 전하고자 함이다. 즉 박학다식을 자랑하기 위해서가 아니라 학문을 실제로 유용하게 쓰기 위함이다.

_맹자

고 박사의 한마디

아무리 두꺼운 책도, 아무리 방대한 지식도 간단하게 정리할 수 있어. 이것이 요약이야. 우리 삶에 필요한 지식이나 정보는 크게 복잡하지 않아. 복잡한 것을 요약해 내고 어려운 것을 쉽게 말하는 능력, 우리가 반드시 갖춰야 할 덕목이야.

맹자

공자의 계승자. 직접 공자에게 배운 것은 아니고 공자의 손자인 자사의 제자였다. 전국 시대라는 난세 속에서 통치자가 나아가야 할 방향을 제시했다. 성선설을 주장했으며 마음의 수양을 중시했다.

봉사

나는 살기 위해, 봉사하기 위해, 또 가끔 즐기기 위해 먹은

적은 있어도 향락을 위해 먹지는 않았다.

_마하트마 간디

고 박사의 한마디

봉사는 자발적이고 대가를 바라지 않는다는 점에서 위대해. 그렇기에 봉사는 인류의 역사
와 함께 왔는지도 몰라. 봉사하는 자들이 있기에 인간의 삶은 촉촉해지는 거야. 거친 사막
에 피어 있는 한 떨기 꽃과 같은 것이 봉사지. 봉사하는 자만이 삶의 꽃송이를 간직할 수 있
는 거야.

마하트마 간디

인도 독립의 아버지. 영국 유학을 통해 변호사가 된 뒤 남아프리카공화국의 인도 사회
에서 활동하다가 크게 깨닫고 지도자가 된다.

예
술

모든 예술의 궁극적인 목적은 인생이 살 만한 가치가 있다
는 사실을 일깨워 주는 것이다. 이는 예술가에게 더없는 위
안이 된다.

_헤르만 헤세

고 박사의 한마디

예술이야말로 어떻게 보면 참 쓸데없지. 하지만 그 쓸데없는 것을 통해서 인간은 위안을
받고 휴식을 얻으며 새로운 생각을 할 수 있는 힘을 충전해. 예술을 이해하고 즐길 줄 아는
자만이 삶을 즐길 줄 아는 거야.

헤르만 헤세

독일의 소설가. 인간들의 경쟁이나 문명에서 벗어나 본질을 찾고자 한 문학가이기도 하며, 대표작으로 자전적인 성장소설 《데미안》이 있다. 1946년 노벨 문학상을 수상했다.

4장에서 가장 기억에 남는
명언과 이유를 기록해 보세요.

기억에 남는 명언

성공의 완성

성공의 완성은 별게 아냐.
새로운 시작이야.
그리고 비로소 주위를 돌아볼 수 있는 여유야.
절대 혼자서 이룬 성공이 아니니까.

이 사회 안에서 주위 사람들의 응원과 협력과 도움으로
이룬 것임을 잊지 말아야 해.
그리고 나눔을 생각해야 해.
그러기 위해 성공한 거니까.

성공

인생에서 가장 중요한 것은 실패했다고 낙심하지 않고,

성공했다고 지나친 기쁨에 도취되지 않는 것이다.

_나폴레옹 1세

 고 박사의 한마디

성공이란 건 결국 문학 작품에서의 해피엔딩이야. 원하는 것을 얻고 갈등이 해소되며 꿈꾸
던 이상을 이루는 것이 성공이지. 한마디로 지극히 행복한 상황을 뜻하는 거야. 그러니 누
구나 성공을 향해 도전해 볼 만해.

나폴레옹 1세

프랑스의 황제, 대제국을 건설한 정복자. 변방의 코르시카 출신이나 일찍이 수많은 독서를 통해 능력을 키웠고, 포병 장교로서 혁혁한 공을 세워 프랑스 혁명 이후 황제에 올랐다.

미
래

미래에 관한 최고의 예언자는 과거다.

_조지 고든 바이런

고 박사의 한마디

오늘의 내 모습이 미래를 만드는 거야. 왜냐하면 오늘의 행동이 내일 결과로 나타나기 때문이지. 미래에 되고 싶은 모습이 있다면 그 모습을 채우기 위해 오늘 노력해야 해. 미래는 반드시 다가오기 때문에 다가올 미래가 두렵다면 뭔가 해야 해.

조지 고든 바이런

영국의 낭만파 시인. 시 작품과 특이한 개성으로 유럽인들의 상상력을 사로잡았다.
시집《게으른 나날》을 출판하며 시인의 길로 들어섰고,《차일드 해럴드의 여행》으로
순식간에 사람들을 매료시켰다.

품격

품격이라는 것은 하룻밤 사이에 되는 일은 아니다. 술의 향기와도 같은 것이어서, 조용한 마음으로 버티고 서서 오랜 세월이 흘러가기를 기다리지 않으면 안 된다.

_린위탕(임어당)

고 박사의 한마디

옛날에 이웃집에 조폭이 이사 온 적이 있었어. 그자가 이웃의 점잖은 노인과 말다툼 벌이는 것을 보았는데 그 노인은 품격 있게 그들을 상대하더라고. 대놓고 비난하지 않고 이렇게 말하는 거야. "이 동네가 왜 이렇게 나빠졌을까?" 그 말에서 나는 신사의 품격을 느꼈어.

린위탕(임어당)

중국의 작가. 사회를 풍자하는 글을 많이 쓰고 서구식 저널리즘을 표방하는 중국어 잡지를 발간했다. 중국 공산당의 문학 비평가들이 문학의 목적을 선전과 사회 교육 이라고 하자, 자기표현으로서의 문학을 주장했다.

업
그
레
이
드

사람의 목적은 소득이 아니라 환경과 더불어 업그레이드(성

장)하고, 환경과 결합됨으로써 자기의 의식을 실현하고 또

확대해 가는 데 있다.

_라빈드라나트 타고르

고 박사의 한마디

무언가를 실천하는 방법, 제품, 노하우는 시대의 변화에 따라서 항상 업그레이드가 필요하
지. 나의 문제해결 능력이나 학습 태도, 사람들을 대하는 마음도 항상 업그레이드해야 해.
세상일이 변하고 사람이 진화하기 때문이야. 업그레이드가 되지 않는 사람들을 뭐라고 하
게? 고구마 답답이라고 부르는 거야.

라빈드라나트 타고르

인도의 시인. 인도 문학의 정수를 서양에 소개하는 데 큰 역할을 했다. 1913년 〈기탄
잘리〉로 노벨 문학상을 수상했으며, 우리나라의 《동아일보》 창간에 즈음하여 〈동방
의 등불〉이라는 시를 보내 주기도 했다. 우리에게 큰 감동을 안겨 주었지만 다른 나
라에도 비슷한 시를 보낸 것으로 나중에 밝혀졌다.

성취

나는 오랫동안 명상한 결과 스스로 다음과 같은 확신을 얻게 되었다. 확고한 목표를 지닌 인간은 그것을 반드시 성취하게 되어 있으며, 어떤 것도 그것을 성취하고자 하는 그의 의지를 꺾을 수 없다.

_벤저민 디즈레일리

고 박사의 한마디

성취는 나의 노력과 인내의 보상이야. 마음껏 즐겨도 돼. 성취하기 위해서 노력하는 거지. 하지만 성취했다고 만족할 순 없어. 또 다른 도전 목표가 눈앞에 나타날 것이기 때문이야. 성취야말로 새로이 도전하기 위한 에너지가 될 수 있지.

벤저민 디즈레일리

영국의 총리를 지낸 정치가이자 작가. 1875년 '공중보건법'을 성문화했고, 노동 착취를 막기 위한 공장법과 노동조합법도 제정케 했다.

융
합

창조성이란 단지 사물을 융합하는 것이다. 창조적인 사람들에게 어떻게 그런 일을 할 수 있었는지 묻는다면 그들은 약간 죄책감을 느낄 것이다. 왜냐하면 그들은 진정 창조적인 일을 한 것이 아니라 단지 무언가를 봤을 뿐이기 때문이다.

_스티브 잡스

고 박사의 한마디

융합은 전혀 이질적인 것들을 뒤섞어서 새로운 것을 만들어 내는 거야. 마치 물감을 섞어서 새로운 색을 만드는 것과 같달까. 내 안에 융합의 요소들을 많이 담아 놓는 것이 좋아. 그것들이 뒤섞이며 새로운 것을 만들어 낼 수 있도록 재료를 많이 준비하는 거지. 이때의 재료는 독서일 수도 있고, 경험일 수도 있고, 공부일 수도 있어.

스티브 잡스

실리콘밸리에서 태어나 성공한 세계적인 IT 전문가. 실리콘밸리 키드로서 20세에 애플 컴퓨터를 만들었다. 이후 아이폰으로 세상을 혁신했다.

투
자

교육에 투자하기를 주저하지 말자. 교육에 과감히 투자하
여 모든 분야에서 생산성과 수익을 높이자.

_피터 드러커

고 박사의 한마디

투자라는 것은 더 큰 이익을 위해 내가 가진 자원과 재료를 어딘가에 쓰는 거야. 삶은 결국
투자의 과정이야. 공부나 운동 모두 시간과 돈을 투자해야 더 큰 열매를 딸 수 있어. 투자할
줄 모르는 자는 성공할 줄 모르는 사람이야.

피터 드러커

오스트리아 태생. 미국의 경영자문가이자 교육자, 작가로 경영학 부문에서 다양한
저술로 큰 업적을 쌓았다. 그의 저서들은 기업의 철학적, 실제적 토대를 보여 준다.
뉴욕대학교에서 경영학 교수로 근무했고, 경영학 교육 발전에 크게 공헌했다.

멘
토
링

만약 내가 3일 동안 볼 수 있다면 나의 멘토이신 애니 설리

번 선생님을 찾아가겠다. 그리고 선생님의 모습을 마음속

깊이 간직해 두겠다.

_ 헬렌 켈러

고 박사의 한마디

그리스 신화에 나오는 영웅 오디세우스가 아들을 교육해 달라고 맡긴 사람의 이름이 멘토야. 아들은 멘토의 가르침을 받으며 잘 자라났지. 성장에는 꼭 멘토가 필요해. 부모님, 선생님, 혹은 존경할 만한 사람을 멘토로 삼아서 궁금한 것이나 어려운 일이 있으면 꼭 물어보도록 해. 멘토가 있을 때 나의 성공은 더욱 빨라지는 거야.

헬렌 켈러

시각, 청각, 언어의 삼중 장애로 유명한 미국의 작가. 그런 장애를 뚫고 세상에 나올 수 있게 한 분이 설리번 선생님이다. 장애인에 대한 인식이 부족한 시대에 태어나 많은 선구자적인 영향을 미쳤다.

풍
요

풍요 속에서는 친구들이 나를 알게 되고, 빈곤 속에서는 내가 친구들을 알게 된다.

_존 철튼 콜린스

고 박사의 한마디

어려울 때 친구가 진정한 친구라는 말이 있어. 진정으로 나를 알아주는 친구는 많지 않다는 뜻이야. 내 돈, 지식, 명예를 탐하는 자들은 내 삶을 풍요롭게 해 줄 수 없어.

존 철튼 콜린스

영국의 작가. 버밍엄대학교에서 영문학 교수로 재직했고 다양한 지면에 많은 글을
발표했다.

연
결

원하건 원치 않건 인간은 다른 사람들과 연관을 맺지 않을
수 없다. 인간은 생업 활동을 하면서 그리고 지식과 예술
작품을 나누면서 연결되고, 무엇보다도 도덕적 의무로 연
결되어 있다.

_레프 톨스토이

고 박사의 한마디

우주의 법칙이 무엇인지 모르지만 우리 인간 하나하나는 분명히 연결되어 있어. 몇 다리만
건너면 다 아는 사이라는 말이 있잖아. 이러한 연결은 나에게 새로운 기회와 도전이 제공
된다는 의미이기도 해. 연결되어 있기에 사람을 귀하게 여기고 함부로 대하지 않아야 한다
는 뜻이기도 하지.

레프 톨스토이

러시아의 작가, 개혁가, 도덕 사상가. 세계적인 소설가 중의 한 사람으로 꼽히며 불후의 명성을 안겨 준 대표작《전쟁과 평화》,《안나 카레니나》를 남겼다.

생
산

건강하게 일하고 생산하는 동안 우리의 심신은 강화되며,
마음에 번식한 여러 가지 사악의 잡초 뿌리가 뽑힌다. 그곳
에 행복과 기쁨의 씨앗이 뿌려져 춘하추동을 거치며 무성
하게 꽃이 피고 열매를 맺게 되는 것이다.

_블레즈 파스칼

고 박사의 한마디

씨앗을 뿌리면 그곳에서 꽃이 피고 열매가 맺혀. 그런데 씨앗은 누가 뿌리지? 농부가 뿌려.
내 안의 지식이 싹트고 인성이 싹트고 실력이 싹트는 것도 결국은 생산을 위한 거야. 뭔가
를 만들어 내거나 생산적이지 않다면 그것은 정말 힘이 없는 삶이지. 나는 무엇을 생산해
낼 수 있나 항상 생각해야 해.

블레즈 파스칼

프랑스의 수학자이며 물리학자인 동시에 종교 사상가이다. 수학 및 물리학 분야에서 많은 업적을 이룩했으며, 컴퓨터 분야에서는 초기 형태의 계산기를 고안하기도 했다.

참여

참여 거부에 대한 불이익 중 하나는 당신보다 하등한 존재
에게 지배당하는 것이다.

_플라톤

고 박사의 한마디

장애인을 참여가 안 되는 사람이라고 정의해. 한마디로 인간은 무엇인가에 참여하고 활동
할 수 있을 때 비로소 행복해져. '난 안 하겠다', '나는 빠지겠다' 같은 생각은 결국 나 자신을
가두고 나 자신을 위축시키는 행위임을 잊지 마. 무엇에든 적극적으로 참여하고 적극적으
로 뛰어들어야 해.

플라톤

서양 문화의 철학적 기초를 마련한 고대 그리스의 철학자. 그리스 철학은 소크라테스
가 바탕을 마련한 후 플라톤에 의해 절정에 도달하여 보편적인 학문 체계를 갖춘다.

우
정

우정이란 나눔과 공유를 통해 성공은 더욱 빛나게 하고 고
난은 덜어 주는 것이다.

_마르쿠스 툴리우스 키케로

고 박사의 한마디

장애가 있는 나는 친구들의 우정이 없었다면 학교를 다니지 못했을 거야. 친구들이 늘 가
방을 들어 주거나 업어 주고 도와줬거든. 이런 도움을 다 우정이라 부르지. 우정이야말로
고귀한 것이야. 외로운 인간들이 서로 의지하고, 험한 세상을 견뎌 낼 수 있는 유일한 희망
이야. 좋은 친구를 많이 사귀는 것, 그것은 돈을 많이 버는 것보다 훨씬 고귀한 일이지.

마르쿠스 툴리우스 키케로

로마의 뛰어난 웅변가이며 수사학자이다. 로마와 그리스에서 훌륭한 교육을 받은 그는 법조계에서 명성을 얻고 집정관이 되었으며, 공화정의 원칙을 지키려고 애썼다. 철학사에서 그리스 사상의 전달자로서 중요한 인물이기도 하다.

정보

지식에는 두 가지 종류가 있다. 하나는 어떤 주제에 대해 직접 아는 것이고, 다른 하나는 정보나 지식이 있는 곳을 아는 것이다.

_새뮤얼 존슨

고 박사의 한마디

정보는 이 세상이 변화하기 때문에 생겨난 것이야. 세상의 변화를 모두 다 알 수 없기에 누군가 다른 쪽에서 변화가 일어난다는 사실을 알려 주면 그것이 정보야. 정보에 밝은 사람은 변화에 익숙해. 정보의 발견자는 특별한 사태를 대비하고 준비할 수 있는 사람이지.

새뮤얼 존슨

영국의 시인. 셰익스피어 이후 가장 유명한 저술가이며 영어 사전을 편찬하기도 했다.
만년에는 《셰익스피어 작품집》 전 8권과 비평적 전기 《영국 시인전》 10권을 완간했다.

리
더
십

리더는 잘 듣는 사람이다.

_존 맥스웰

고 박사의 한마디

리더가 되는 것을 싫어하는 사람도 있어. 자기는 리더십이 없대. 하지만 리더십이야말로
모두에게 필요한 덕목이야. 나 자신을 리드하는 리더십을 길러야 남도 이끌 수 있는 거야.

존 맥스웰

미국의 유명한 자기 계발 저자이자 강사로, 용기를 불어 넣는 멘토링을 하고 있다. 꿈을
이루려면 성장이 필요하다고 강조하면서 인생이라는 긴 마라톤을 달리는 사람들에게
용기와 희망을 주고 있다.

5장에서 가장 기억에 남는
명언과 이유를 기록해 보세요.

기억에 남는 명언

이 명언을 선택한 이유

표현과 전달하기 **04**

고정욱의 마인드 리셋 필사 수업

초판 1쇄 발행 2022년 4월 20일
초판 2쇄 발행 2024년 6월 24일

엮은이 고정욱
일러스트 신예희
펴낸이 이범상
펴낸곳 (주)비전비엔피·애플북스

기획 편집 차재호 김승희 김혜경 한윤지 박성아 신은정
디자인 김혜림 최원영 이민선
마케팅 이성호 이병준 문세희
전자책 김성화 김희정 안상희 김낙기
관리 이다정

주소 우) 04034 서울특별시 마포구 잔다리로7길 12 (서교동)
전화 02) 338-2411 | **팩스** 02) 338-2413
홈페이지 www.visionbp.co.kr
인스타그램 www.instagram.com/visioncorea
포스트 post.naver.com/visioncorea
이메일 visioncorea@naver.com
원고투고 editor@visionbp.co.kr

등록번호 제313-2007-000012호

ISBN 979-11-90147-42-2 13800

인쇄재쇄
24.6.10